Storie per
la nanna
per i più piccini

Storie per
la nanna
per i più piccini

Sommario

Le nozze di Topolina

C'era una volta una famigliola
di topi che viveva in riva al fiume:
Papà Topo, Mamma Topo e Topolina.

Topolina diventò grande in un batter d'occhio.
"È ora che si sposi", pensò un giorno Papà Topo.

"Si parte!" annunciò l'indomani mattina.
"I bagagli sono pronti. Andiamo a cercarti un marito."

"Ti meriti il miglior marito del mondo, e il più potente!"
disse Papà Topo strada facendo.

"Davvero?" disse Topolina.
"E chi sarebbe?"

Papà Topo esitò.
"È… è… Ah, ecco! Il sole!" rispose.

"Il sole scalda e illumina, fa sbocciare
i fiori e maturare il grano. Chiederemo
a lui di sposarti."

Iniziarono a risalire la china di una montagna innevata.
Dopo un giorno di cammino arrivarono in cima.

Il sole si abbassò lentamente
nel cielo, finché fu abbastanza
vicino per sentirli.

"Signor Sole!" disse Papà Topo. "Voi che siete l'essere più potente del mondo…"

"Potente? Io?" si meravigliò il sole.

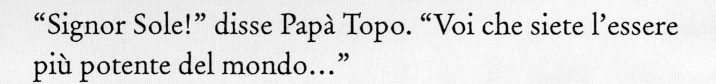

"Basta che quel nuvolone mi copra per bloccare luce e calore. Non sono così potente."

"In tal caso", disse Papà Topo, "ci rivolgeremo al nuvolone".

Scesero un po' più a valle e si accamparono per la notte.

L'indomani mattina, il nuvolone copriva la cima della montagna.

Papà Topo tornò sulla vetta con il resto della famiglia.
"Signor Nuvolone", disse educatamente, "ci hanno
detto che siete l'essere più potente del mondo..."

"Potente? Io?" si meravigliò il nuvolone.

"Basta un soffio di vento per sballottarmi qua
e là nel cielo. Non sono così potente."

"In tal caso", disse Papà Topo,
"ci rivolgeremo al vento".

"Prima facciamo colazione",
disse Mamma Topo.

Poco dopo, il vento si alzò
e sospinse via il nuvolone.

"Signor Vento! SIGNOR VENTO!" urlò Papà Topo. "Ci hanno detto che siete l'essere più potente del mondo…"

"Potente? Io?" sospirò il vento.
"Basta quel muro a fermarmi.
Non sono così potente."

"In tal caso",
fece Papà Topo…

22

"Papà, hai davvero intenzione di parlare a un muro?"
chiese Topolina.

"Ma certo", rispose Papà Topo.
"Signor Muro, è vero che siete
l'essere più potente del mondo?"

"Magari", disse mestamente il muro.
"Persino un topolino è più potente di me."

"Anche se sembro forte e robusto", continuò il muro,
"un topolino sta rosicchiando i miei mattoni. Rischio
di crollare da un momento all'altro".

"Oh, santo cielo", disse Papà Topo. "In tal caso ci rivolgeremo al topolino."

"Sì, ti prego", implorò Topolina.

Lungo il muro s'imbatterono in un giovane topo.

"Com'è carino!" pensò Topolina.

"Giovanotto", disse Papà Topo. "Ci hanno detto che sei l'essere più potente del mondo…"

"Non direi…", cominciò il topolino.

"Ma sei più forte del muro!"
si affrettò a dire Topolina.

"... e il muro è più forte
del vento", aggiunse
Mamma Topo.

"... e il vento è più forte
del nuvolone", continuò
Papà Topo.

"... e il nuvolone è più forte del sole!" concluse Topolina.

"Caspita!" esclamò il topolino.

"Sei il marito perfetto per mia figlia", esultò Papà Topo. "E a quanto pare le piaci. Vuoi sposarla?"

"Ne sarei onorato!" rispose il topolino.

Le nozze furono fissate
per l'indomani, e tutti
i loro amici vennero
al matrimonio...

... il sole,
il nuvolone
e il vento...

... ma non tutti insieme.

Il
drago
ritroso

Una sera d'estate di tanto tempo fa, un pastore scese dai pascoli di corsa, urlando: "Aaah!"

Si precipitò a casa e spalancando la porta esclamò: "Ho appena visto un mostro!"

È grande come quattro case!

Fiabe

"Ha lunghi artigli affilati...

... la coda acuminata e il corpo TUTTO COPERTO di lucenti scaglie azzurre."

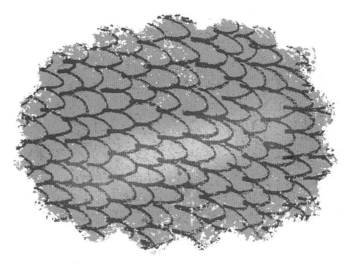

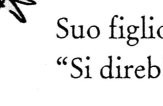

Suo figlio alzò gli occhi dal libro. "Si direbbe un drago, papà", disse.

Il ragazzo aveva sempre sognato di incontrare un drago. "Chissà se è amichevole", pensò.

L'indomani decise di andare a controllare di persona.

Ciao!
A dopo.

39

Il drago era davvero amichevole. E sembrò contento di vedere il ragazzo.

È bello qui, ma mi sento un po' solo.

Il ragazzo sorrise. Si sedette e cominciò a tempestare il drago di domande.

Il drago gli raccontò storie dei tempi andati.

Di quando terribili
draghi seminavano
il terrore.

E valorosi cavalieri
li combattevano per
salvare le principesse.

Al drago piaceva raccontare storie,
e il ragazzo non si stancava mai
di ascoltarle.

Un brutto giorno, però, la gente del villaggio venne a sapere del drago. Erano spaventati e furiosi.

Il ragazzo corse subito dal drago. "La gente del villaggio ce l'ha con te!" esclamò.

Ma io non farei male a una mosca!

Nel pomeriggio
arrivarono notizie
ancora più allarmanti.

Eccolo!

San Giorgio,
l'uccisore
di draghi!

Chi?

Sconfiggerà
il drago!

Il ragazzo corse di nuovo dal suo amico.

Il ragazzo tornò lemme lemme al villaggio.

Una piccola folla stava raccontando
a San Giorgio le malefatte del drago.

Ha incenerito cinque case.

Quando furono soli, il ragazzo si rivolse a San Giorgio. "Non è vero niente!" disse. "Il drago non farebbe male a una mosca."

"Ma la gente vuole un combattimento", disse il cavaliere.

"Ho un'idea", disse il ragazzo.
E portò San Giorgio dal drago.

"Combatterete per finta."
Poi, rivolto al cavaliere:
"Promettete di non fargli del male?"
"Però dovrà sembrare vero", disse il cavaliere.

Dopo ci sarà un bel banchetto.

Mmm...
D'accordo.

L'indomani mattina la gente del villaggio salì in cima alla collina per assistere al combattimento.

Il ragazzo aspettava fuori dalla grotta del drago.

San Giorgio fu accolto
dalla folla festante. Ma
il drago dov'era?

52

All'improvviso, tutt'intorno
riecheggiò un ruggito.
Il drago apparve tra
lingue di fuoco.

Spalancò le fauci e sputò fuoco e fiamme.
E come scintillavano le sue scaglie azzurre!
A quella vista portentosa la gente fuggì via.

"Carica!" gridò San Giorgio.
E scattò in avanti, con la
lancia in resta.

Il drago fece
un balzo.

E sfrecciarono via
senza toccarsi.

54

"Mancato!"
urlò la folla.

I due contendenti
si prepararono a
una nuova carica.

55

Stavolta lo scontro ci fu, eccome!

BANG! CRASH! ARGH!

Il drago stramazzò a terra con un gemito. San Giorgio esultò, trionfante.

Tagliategli la testa!

"Credo che il drago abbia imparato
la lezione", dichiarò San Giorgio.
"Invitiamolo al banchetto."

La gente del villaggio, il
ragazzo e il drago seguirono
San Giorgio a valle.

Il banchetto proseguì fino a sera.
Tutti erano felici e contenti.

Il ragazzo perché il piano
aveva funzionato.

La gente del villaggio
perché aveva assistito a un
bel combattimento. E San Giorgio perché aveva vinto.

60

Ma il più felice di tutti era il drago.
Adesso aveva un sacco di amici...

... e la pancia piena.

La Tartaruga e l'Aquila

Era una
splendida
giornata
d'estate...

Ma la tartaruga
non era contenta.

"Ah!" sospirava. "Che noia
essere una tartaruga."

I suoi amici erano stupiti.
"Perché sei così triste?" le chiesero.

"Hai un comodo tronco
dove sederti, succose mele
da sgranocchiare e una
corazza lucida."

Ma la tartaruga
mugugnava e
brontolava.

"Ah", sospirava,
"che barba,
che noia".

Per tutto il giorno
osservò un'aquila
che volteggiava
in cielo.

L'aquila planava…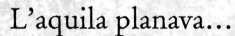

... e poi si librava in alto nel cielo. Le sue piume dorate brillavano al sole.

La tartaruga la guardava ammirata. "Quanto mi piacerebbe volare", pensò. "E scorrazzare per il cielo."

Così decise di provare.

Chiuse gli occhi, strinse i denti e
si mise a saltellare agitando le zampe.

Niente da fare.
Non volava.

"Devo partire da
più in alto", disse.
Così salì su una roccia…

… spiccò
un salto…

… e, SPLAT, atterrò
sull'erba umida.

AHI!

"Devo salire ancora più in alto", insisté. Così si arrampicò su un albero...

... spiccò
il volo...

... e, PLOP, finì
dritta nel fango.

Allora si rivolse all'aquila.

"Aquila! Aquila! Tu che voli così
in alto, portami in cielo con te!"

L'aquila dalle piume
d'oro scese in
picchiata.

"Piccola tartaruga",
gracchiò, "perché
vuoi volare?"

La tartaruga gonfiò
il petto e rispose:
"Per essere come te".

"In cambio, ti cedo
il mio tronco e le mie
mele succose", disse.

"Va bene", rispose l'aquila.
"Ti porterò in cielo con me."

L'aquila strinse la tartaruga
tra gli artigli.

E sbatté le sue
ali enormi.

Salirono sempre più in alto,
sopra le nuvole,
nel cielo azzurro.

La tartaruga
sentiva il vento
in faccia. "Sto
volando!" gioì.

Salirono ancora
più in alto. Sotto
di loro, gli alberi
sembravano puntini.

La tartaruga guardò in basso:
com'era LONTANA la terra!

Ben presto cominciò ad avere le vertigini. Poi la nausea. E scoppiò a piangere.

"Aquila! Aquila! Riportami giù! È troppo alto quassù!"

Allora l'aquila riportò a terra la tartaruga.

"Cara tartarughina", le disse,
"tu non hai né piume né ali".

"Non sei fatta per volare. Goditi le tue mele e il tuo tronco. E sii contenta di quello che sei."

La tartaruga guardò
l'aquila alzarsi in cielo.

Seduta sul tronco,
sgranocchiò le sue mele.
E non pensò più a volare.

"È bellissimo essere una tartaruga", disse.

La cicala e la formica

Era una splendida giornata
estiva. La cicala cantava
sotto il solleone.

La formica si dava da fare.
Oh-issa...
oh-issa...
uff... uff...

Accumulava provviste
per l'inverno.

La cicala, invece,
si crogiolava
beatamente
al sole.

"Mi annoio", disse la cicala dopo un po'. "Vieni a giocare con me?"

"Non posso",
rispose la formica.
"Ho molto da fare."

"Devo fare provviste e
costruirmi un rifugio
per l'inverno."

94

"Ma l'inverno è lontano.
Goditi il sole finché puoi!"

"L'inverno sembra lontano", disse la formica,
"ma arriverà in fretta, vedrai".

"Se non ti dai da fare adesso… Quando il sole non splenderà più e la terra sarà in letargo, avrai fame e freddo."

Ma la cicala scoppiò a ridere e riprese a cantare.

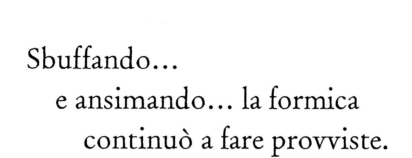

Sbuffando…
e ansimando… la formica
continuò a fare provviste.

L'inverno arrivò.
Gli alberi persero le foglie
e la neve imbiancò i campi.

101

Al calduccio nella sua casetta, la formica contemplava le provviste.

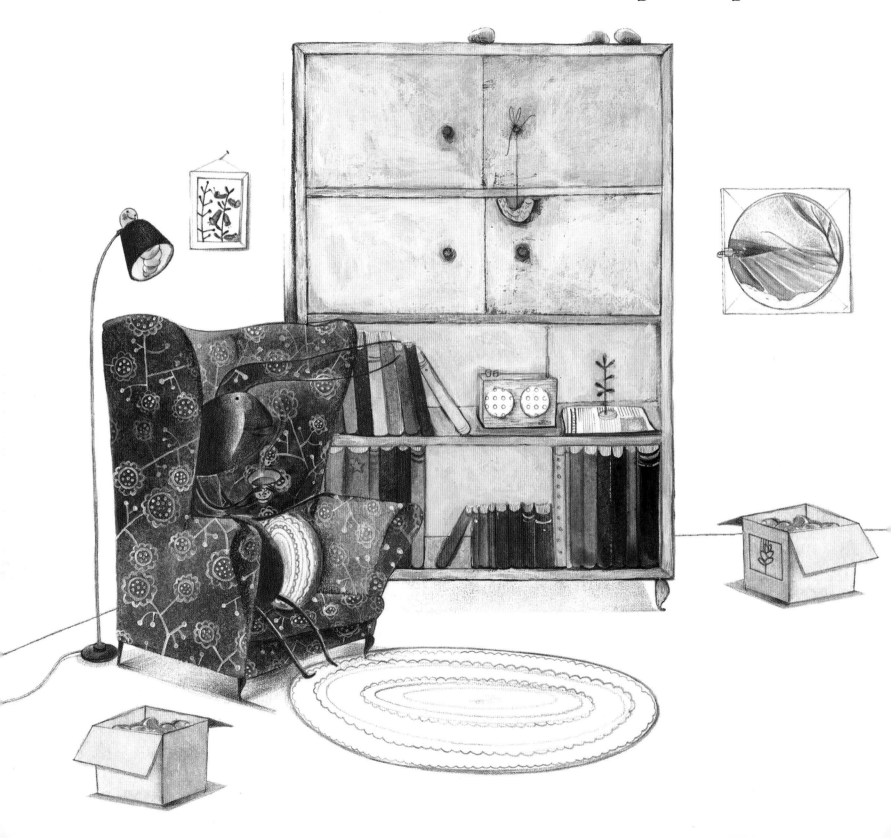

Aveva scorte a sufficienza per resistere
fino all'arrivo della primavera.

La cicala, invece, si riparava
dal freddo rannicchiata
sotto una foglia.

Era intirizzita per il vento gelido
e il suo stomaco brontolava
per la fame.

Alla fine, andò a bussare
alla porta della formica.

"Sei tutta infreddolita!"
esclamò la formica. "Vieni,
entra a scaldarti."

"G-g-razie", disse la cicala battendo
i denti per il freddo.

"Mettiti comoda", disse la formica. "Io intanto preparo la cena."

La cicala era estasiata.
Aveva già l'acquolina in bocca.

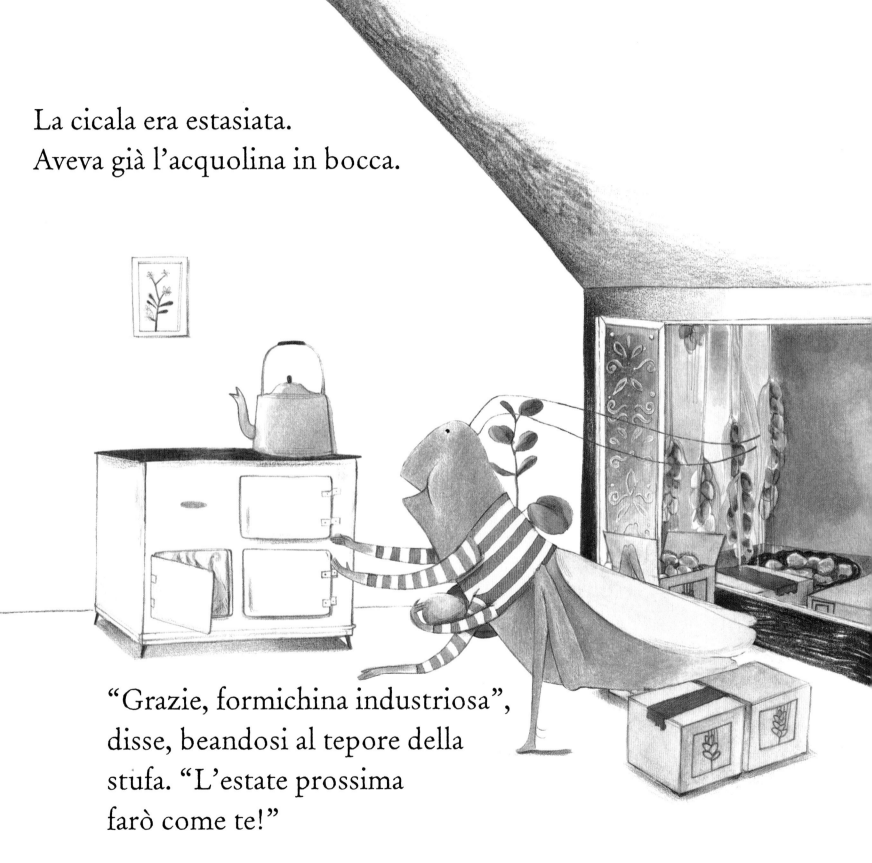

"Grazie, formichina industriosa",
disse, beandosi al tepore della
stufa. "L'estate prossima
farò come te!"

Il gufo e la micetta

Il gufo e la micetta partirono per mare,
su una bella barchetta color verderame.

Portavano del miele in
un grande vasetto

e un gruzzolo
avvolto in
un biglietto.

Con gli occhi fissi al
cielo, il gufo così cantò:

Cara micetta mia,
micina mia diletta!

Oh quanto sei carina,

oh quanto sei carina,
cara micetta mia,
micina mia diletta.

Disse al gufo la micia:
"Oh gufo mio bello,

118

canti come
un fringuello".

119

"Sposarci subito dobbiamo."

"Ma per l'anello come facciamo?"

E così andarono per mare...

... un anno e un giorno,

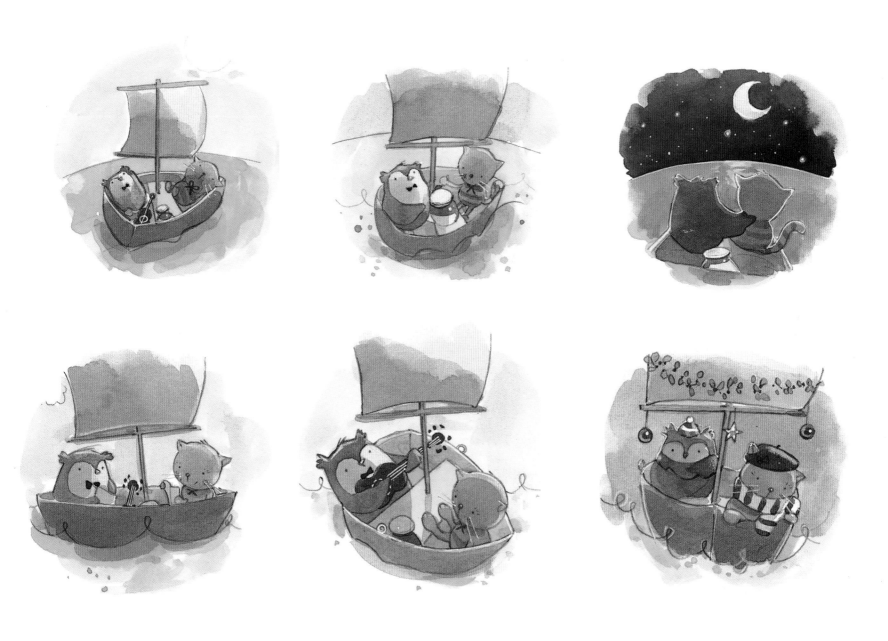

verso la terra dell'albero bongo.

Lì, nel bosco, c'era un porcello
con al naso un bell'anello,

con al naso
un bell'anello.

"Bel maialino,
che dici,

ci vendi il tuo anello
per un soldino?"

Il maialino rispose: "Certo, amici!"

127

Tutti felici presero l'anello,

e il tacchino
sulla collina

li sposò l'indomani
mattina.

Si fecero una bella mangiata

di carne trita e cotognata.

Poi, mano nella mano,
in riva al mare,

al chiaro di luna
si misero a ballare,

a ballare,

al chiaro di luna
si misero a ballare.

Gli autori

Esopo

Due storie di questo libro sono tratte dalle *Favole di Esopo*,
una raccolta di brevi racconti che risalgono all'antica Grecia.
Non si sa molto sulla vita di Esopo – probabilmente era
un ex schiavo –, ma le sue favole sono sempre state popolari
e oggi sono note in tutto il mondo. Le storie, di cui spesso
sono protagonisti animali, terminano sempre con una morale
(un messaggio o una lezione). La morale della storia
La tartaruga e l'aquila è: bisogna accettarsi per quel che si è,
quella de *La cicala e la formica* è: meglio essere preparati!

Edward Lear 1812-1888

Edward Lear era un artista, scrittore e poeta inglese.
Si divertiva soprattutto a scrivere filastrocche ma era anche
un pittore di uccelli, animali e paesaggi. Aveva un gatto di
nome Foss, diventato famoso grazie ai disegni di Lear.

Kenneth Grahame 1859-1932

Da piccolo, Kenneth Grahame adorava giocare nel giardino
di casa della nonna, in riva a un fiume. Da grande, lavorò alla
Banca d'Inghilterra ma nel tempo libero scriveva. Nel 1908 pubblicò
il romanzo *Il vento tra i salici*, che scrisse per il figlio Alastair.

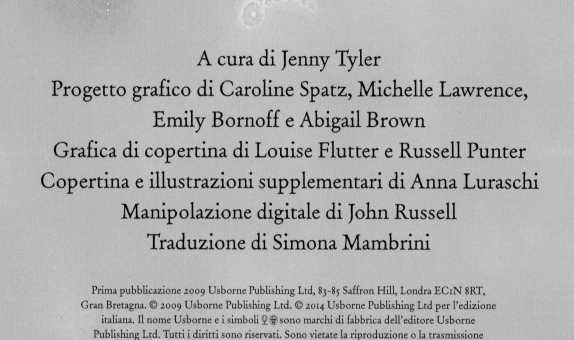

A cura di Jenny Tyler
Progetto grafico di Caroline Spatz, Michelle Lawrence,
Emily Bornoff e Abigail Brown
Grafica di copertina di Louise Flutter e Russell Punter
Copertina e illustrazioni supplementari di Anna Luraschi
Manipolazione digitale di John Russell
Traduzione di Simona Mambrini

Prima pubblicazione 2009 Usborne Publishing Ltd, 83-85 Saffron Hill, Londra EC1N 8RT,
Gran Bretagna. © 2009 Usborne Publishing Ltd. © 2014 Usborne Publishing Ltd per l'edizione
italiana. Il nome Usborne e i simboli ♀ ⊕ sono marchi di fabbrica dell'editore Usborne
Publishing Ltd. Tutti i diritti sono riservati. Sono vietate la riproduzione o la trasmissione
in qualunque forma o con ogni mezzo, sia elettronico che meccanico, con fotocopie o
registrazioni, di qualsiasi parte di questa pubblicazione senza il consenso dell'editore.